Tucholsky Wagner Zola Scott Sydow Freud Schlegel
Turgenev Wallace Fonatne
Twain Walther von der Vogelweide Fouqué Friedrich II. von Preußen
Weber Freiligrath Frey
Kant Ernst
Fechner Fichte Weiße Rose von Fallersleben Frommel
Richthofen
Hölderlin
Engels Fielding Eichendorff Tacitus Dumas
Fehrs Faber Flaubert
Eliasberg Ebner Eschenbach
Maximilian I. von Habsburg Fock Zweig
Feuerbach Eliot Vergil
Ewald
Goethe London
Elisabeth von Österreich
Mendelssohn Balzac Shakespeare Dostojewski Ganghofer
Lichtenberg Rathenau Doyle Gjellerup
Trackl Stevenson Hambruch
Mommsen Tolstoi Lenz Droste-Hülshoff
Thoma Hanrieder
von Arnim Hägele Humboldt
Dach Verne Hauff
Karrillon Reuter Rousseau Hagen Hauptmann Gautier
Garschin
Defoe Baudelaire
Damaschke Hebbel
Descartes
Hegel Kussmaul Herder
Wolfram von Eschenbach Dickens Schopenhauer Rilke George
Bronner Darwin Melville Grimm Jerome
Campe Horváth Aristoteles Bebel Proust
Voltaire Federer
Bismarck Vigny Barlach Herodot
Gengenbach Heine
Storm Casanova Tersteegen Grillparzer Georgy
Chamberlain Lessing Langbein Gilm
Gryphius
Brentano Lafontaine
Strachwitz Claudius Schiller Kralik Iffland Sokrates
Bellamy Schilling
Katharina II. von Rußland Gerstäcker Raabe Gibbon Tschechow
Löns Hesse Hoffmann Gogol Wilde Vulpius
Gleim
Luther Heym Hofmannsthal Morgenstern
Klee Hölty Goedicke
Roth Heyse Klopstock Kleist
Luxemburg Puschkin Homer Mörike Musil
La Roche Horaz
Machiavelli Kierkegaard Kraft Kraus
Navarra Aurel Musset Hugo Moltke
Nestroy Marie de France Lamprecht Kind Kirchhoff
Laotse Ipsen Liebknecht
Nietzsche Nansen Ringelnatz
Marx Lassalle Gorki Klett Leibniz
von Ossietzky May
vom Stein Lawrence Irving
Petalozzi Knigge
Platon Michelangelo Kafka
Sachs Pückler Kock
Poe Liebermann
de Sade Praetorius Mistral Zetkin Korolenko

Der Verlag tredition aus Hamburg veröffentlicht in der Reihe **TREDITION CLASSICS** Werke aus mehr als zwei Jahrtausenden. Diese waren zu einem Großteil vergriffen oder nur noch antiquarisch erhältlich.

Symbolfigur für **TREDITION CLASSICS** ist Johannes Gutenberg (1400 — 1468), der Erfinder des Buchdrucks mit Metalllettern und der Druckerpresse.

Mit der Buchreihe **TREDITION CLASSICS** verfolgt tredition das Ziel, tausende Klassiker der Weltliteratur verschiedener Sprachen wieder als gedruckte Bücher aufzulegen – und das weltweit!

Die Buchreihe dient zur Bewahrung der Literatur und Förderung der Kultur. Sie trägt so dazu bei, dass viele tausend Werke nicht in Vergessenheit geraten.

Gottes Annehmerin

Leopold Kompert

Impressum

Autor: Leopold Kompert
Umschlagkonzept: toepferschumann, Berlin

Verlag: tredition GmbH, Hamburg
ISBN: 978-3-8424-6978-5
Printed in Germany

Leopold Kompert

Gottes Annehmerin

(1865)

Es war gerade am sogenannten ›Bußsabbath‹, der wie eine unerbittliche Wacht vor dem Eingange des großen Versöhnungstages steht, und der alte Rabbiner sollte eben seine Predigt beginnen. Oben vor der heiligen Lade stand ein mit einem weißen Tuche bedecktes Betpult statt der Kanzel. Seit achtundfünfzig Jahren war der alte Mann es gewohnt, an diesem Sabbath seine Gemeinde anzureden und sie für den ›furchtbarsten‹ aller Tage, den ›Jom Kippur‹, vorzubereiten. Vorerst wollte er jedoch die heiligen Thorarollen, woraus soeben der Wochenabschnitt vorgelesen worden war, der Lade zurückgeben; denn bei dieser Gelegenheit genoß er die Ehre des ›Aus- und Einhebens‹ der pergamentenen Gottesbücher. Langsam schritt er die Stufen hinan; schon wollte seine Hand den schweren Vorhang zurückschieben, der die heilige Lade bedeckt, da taumelte er, die Thorarolle entsank seinem Arme, und er stürzte an den Stufen nieder.

Ein Schrei des Entsetzens tönte durch die ganze Gemeinde. Die zunächst Stehenden eilten hinzu; man hob den alten Mann auf, den man beschädigt glaubte; aber man überzeugte sich bald, daß ihm wunderbarer Weise kein Unheil widerfahren war. Nun erst legte sich die gewaltige Aufregung, die sich aller Gemüther, namentlich droben in der »Weiberschul'«, bemächtigt hatte. Die Thora wurde von einem Andern in die Lade gestellt; der Rabbi winkte Ruhe und stellte sich an das als Kanzel dienende Betpult. Eine tiefe Stille lagerte sich über das Gotteshaus. Wie er aber zu reden anfangen wollte, versagte ihm die Stimme; er beugte sein weißes Haupt auf das Betpult nieder und begann bitterlich zu weinen. Nie war ein solches, aus der Seele kommendes Weinen in diesen Räumen vernommen worden; es rührte den tiefsten Schmerz des Gemüthes auf und zugleich fühlte sich Alles von Schauern überflogen. Es war etwas geschehen, was mit furchtbarer Beredsamkeit selbst zu dem verstocktesten Sinne sprach; dieser alte Mann, der statt zu predigen, weinen mußte – war das nicht ein Anblick von tief bewältigender Natur?

»Redet nicht, Rebbe«, rief ihm Einer, dem selbst die hellen Thränen über die Wangen rannen, aus der Gemeinde zu, »redet nicht und schont Euch! Wir haben genug gehört und gesehen!«

Da erhob er sein weißes Haupt vom Betpulte, das ehrwürdige Antlitz war von Todesblässe überflogen. Mit der einen Hand stützte er seinen Kopf. mit der andern schob er den Betmantel zurecht, der ihm die Schulter hinab gefallen war. Seine Lippen zuckten; es war sichtbar, daß er mühsam nach sprachlichem Ausdrucke rang.

»Wehe geschrieen!« rief er endlich mit äußerster Anstrengung. »Wehe über mich! Ich bin jung gewesen und bin auch alt geworden, und niemals ist das Wort Gottes aus meinem Herzen gewichen und von meinen Lippen, nicht bei Tag und nicht bei Nacht. Meine Zeit ist um und es kommt eine neue. Ich soll die Thora nicht mehr in meinen Händen halten. Wehe über mich! Was hab' ich gethan, daß Gott mich hinfallen läßt, wie ein Stück Lehm, darin keine Seele ist?«

Dann verhüllte er sein Haupt mit dem Betmantel, stieg langsamen, aber sicheren Schrittes die Stufen herab und begab sich nach seinem Sitze...

Es war ein seltsam verstörter Sabbath; die ältesten Leute der ›Gasse‹ erinnerten sich nicht, einen ähnlichen erlebt zu haben. Wohin man sah, überall begegnete dem Auge ein Zug unnennbarer Traurigkeit; fast war es, als ginge ein unterdrücktes Schluchzen durch die Gemeinde, und als hätte der Unfall, der den alten Rabbiner an geheiligter Stätte getroffen, einen jeden in der Gemeinde an der wundesten Stelle des Gemüthes berührt. –

Am Abende desselben Tages saßen drei junge Mädchen vor einem Hause in der Gasse und sangen mit vereinten Stimmen ein böhmisches Lied, doch mit so gedämpften, fast zaghaften Lauten, als fürchteten sie, die Luft könne die Klänge weiter tragen, als ihnen lieb war. Sie hatten noch ihre sabbathlichen Gewänder an; am Himmel zeigte sich die blanke Sichel des beginnenden Neumondes; in der Gasse war es menschenstill und fast regungslos.

Plötzlich unterbrach eines der Mädchen den Gesang und rief:

»Kinder, hört auf! Es ist vielleicht nicht recht von uns, daß wir uns am ›Bußsabbath‹ damit vergnügen, ein böhmisch Lied zu singen. Und dann wißt Ihr doch auch, was heute in der ›Schul‹ sich zugetragen hat?«

Ihre Gefährtin, die ihr zunächst saß, ein großes, stark gebautes Mädchen, mit kühn geschnittenen Augenbrauen, lachte hell auf:

»Ich sag's ja immer«, rief sie und schüttelte ihren wilden Kopf leidenschaftlich dazu, »Eine wird einmal Landrabbinerin, und das bist Du. Aus lauter Frömmigkeit wirst Du mir die Freundschaft noch aufsagen, wie das einmal mein Geschwisterkind Perlchen gethan hat.«

»Um Gotteswillen, Du Klippe (böser Geist), spaß' nicht mit solchen Sachen!« beschwor die Andere, indem sie umsonst versuchte, der übermüthigen Sprecherin mit der Hand den Mund zu versperren.

»Wirst Du mich reden lassen!« schrie das kecke Mädchen überlaut. »Und was ist denn das für ein Unglück, wenn man sich von einer guten Partie unterhält? Ich fürchte mich vor keinem Manne!«

»Schweig', schweig', Marianne!« mahnte die Andere, »es ist doch noch Bußsabbath, und man darf seinen Mund nicht aufthun zu solchen Reden.«

»Ich red', wie ich will!« sagte Marianne mit spöttisch abwehrender Geberde; »und etwas abzubüßen haben wir Beide nicht, weder Du, noch ich. Das kann vielleicht erst kommen, wenn wir einen Mann haben werden. Bis dahin ist es aber noch weit genung, es sieht sich ja kein Mensch auf uns um. Meinst Du nicht auch, Täubchen?«

Die mit diesem Namen Angeredete war bis jetzt, dem Gespräche abgewandt, dagesessen; das fahle Licht der aufsteigenden Mondessichel war an ihrem Antlitze gleichsam hangen geblieben und hatte demselben einen Ausdruck traumhafter Zerstreutheit verliehen. Das Mädchen zählte etwa sechszehn Jahre, erschien aber in diesem Augenblicke bedeutend jünger.

»Ich werde fasten«, meinte Täubchen mit einer Art erschreckenden Ernstes.

»An Deinem Hochzeitstage!« ergänzte die übermüthige Marianne nachspottend. »Denn das ist ja merkwürdig, wie man bei uns Juden mit der Freude umgeht. Mein Vater muß einmal im Jahre für seinen Sohn einen ganzen Tag fasten, und warum? Weil er sein Erstgeborener ist! Und wenn meines Vaters Tochter unter die Chuppe (Trauhimmel) gehen soll, muß sie auch am selben Tage hungern und dürsten, und es ist noch von Glück zu sagen, daß man ihr am

Nachmittage etwas zu essen vorsetzt. So recht freuen und aus der Seel' herauslachen, daß sich Alles an Einem schüttelt und rüttelt, das kann ein jüdisch' Kind gar nicht. Sag' mir nur, Täubchen, warum nicht?«

Das Mädchen mit dem träumerischen Ausdrucke sah vor sich hin.

»Ich werde fasten, wie es vorgeschrieben ist«, wiederholte sie dann, »vierzig Tage lang, Montag und Donnerstag den ganzen Tag, die übrigen Tage, mit Ausnahme des Sabbaths, einen halben; denn ich habe gehört, wenn eine Thora zu Boden fällt, so muß die ganze Gemeinde fasten, Klein und Groß, und ich bin schon älter als dreizehn Jahre...«

»Du?« unterbrach sie die lustige Marianne mit weithin schallendem Gelächter, und trotz des Abenddunkels sah man ihre übermüthig weißen Zähne leuchten.

In demselben Augenblicke wurden die drei Mädchen aufs Äußerste erschreckt. Ihnen gegenüber in der engen Gasse öffnete sich mit Heftigkeit ein Fensterladen und eine grollende Stimme schalt zu ihnen herüber:

»Erstick' und verstumm'! Wo hast Du denn gelernt, daß man am heiligen Bußsabbath solche Sachen reden darf? Und da soll man sich noch wundern, daß heute Vormittag eine Thora auf die Erde gefallen ist?«

»Rettet Euch, Kinder!« rief die übermüthige Marianne mit verstelltem Schrecken; »Chaje mit der Thür versteht keinen Spaß!«

Und husch! die Mädchen waren auf und davon, als seien sie trügerische Luftgebilde gewesen; die Lustigste unter ihnen hatte sich in ein offenes Haus geflüchtet, während die beiden Anderen in der Gasse auseinanderstoben. –

Für den Augenblick haben wir mit den Mädchen nichts zu thun: bleiben wir lieber bei derjenigen, der der Übermuth der einen von ihnen einen so sonderbaren Beinamen beigelegt hat, bei der alten Chaje »mit der Thür«.

Man wird es bereits erkannt haben, daß die alte Frau, von der hier die Rede ist, nicht zu jenen Persönlichkeiten gehörte, denen man mit besonderer Liebe begegnet. Im Gegentheil! Es war ein gewisser Grad von Unerschrockenheit erforderlich, wenn man ungefährdet unter vier Augen mit ihr verkehren wollte. Die alte Chaje war nur eine arme Wittwe, die sich kümmerlich von einem kleinen Schnittwaarenhandel ernährte; dennoch war ihre Macht eine gefürchtete, und um ihr ganzes Wesen lag eine Bedeutung, die selbst mancher reichen und angesehenen Frau nicht zuerkannt wurde. Sie war, was man in der ›Gasse‹ eine »Annehmerin« nennt. Wenn irgendwo und irgend wem ein Unrecht geschah, da war es Chaje, die mit ihrer scharfen Zunge für den Gekränkten in die Schranken trat; ohne Scheu und Zagen sagte sie den Leuten die Wahrheit in's Antlitz, und es war, seltsam genug! kaum ein Fall bekannt geworden, daß man ihr das Recht dazu in Abrede gestellt hätte. Die alte Chaje war der Anwalt aller Beleidigten, und wenn sie einmal ihr Urtheil über Jemand ausgesprochen hatte, dann war es, als führen leuchtende Flammen zu ihrem Munde heraus, die Alles, was ihnen im Wege stand, in Staub und Asche verwandelten. Um es kurz zu sagen, sie war das Gewissen der ›Gasse‹, und wenn ihre Zunge schwieg, so konnte man mit Bestimmtheit behaupten, daß in der Gemeinde sich nichts ereignet hatte, was das Sittengesetz oder, was zuweilen noch schwerer wiegt, die Vorschriften der gesellschaftlichen Ordnung beleidigend herausforderte.

Die alte Chaje hatte niemals Kinder gehabt, und dieser Umstand mag dazu beigetragen haben, daß sich die ursprüngliche Herbigkeit ihres Wesens immer mehr zur versäuerten Stimmung umbildete, die sie nicht mehr verließ. Ältere Leute wußten sich noch ihres Mannes zu erinnern, den sie jedoch in der Blüthe seiner Jahre verloren hatte. Dieser war weit und breit der berühmteste ›Sarwer‹ gewesen; keine Hochzeit oder sonstige Festlichkeit konnte begangen werden, ohne daß Gerson Blitz als Aufwärter und Anrichter gerufen worden wäre. Dieses Geschäft bedarf eines feinen und wohlerzogenen Mannes, und so kam es, daß Gerson Blitz, der berühmte ›Sarwer‹, demüthig und ergeben gegen alle Welt war; in den Augen der damals noch jungen Chaje erschien jedoch dieser Charakterzug als hündisch und schmeichlerisch, und sie machte ihm auch kein Hehl daraus, weswegen ihre Ehe mit dem sanften und leise auftretenden ›Sarwer‹ keineswegs zu den rosigsten gehörte.

»Gerson«, pflegte sie oft zu sagen, »Dein Name ist auch auf dem
Berge Sinai ausgerufen worden, und wenn Du auch ein ›Sarwer‹
bist, so ist es doch möglich, daß die Väter Deiner Väter gradewegs
vom König David abstammen. Ich z. B. bin die Tochter eines
Kohens (aus dem Stamme der Priester), und der ist ein blutarmer
Mann gewesen, wie Du das selber weißt, weil Du mich genommen
hast; aber ich rede mir ein, daß einmal vor Gott weiß wie vielen
Jahren mein Ururgroßvater als Hoherpriester im heiligen Tempel zu
Jerusalem gestanden ist. Danach halte ich mich auch, und wenn mir
Einer, und sei es selbst der Größte in der Gemeinde ein Unrecht
anthut, oder an einem Andern begeht, so denk' ich bei mir: ›Was hat
er voraus vor mir? Vielleicht haben seine Vorfahren Holz gehackt
für den Hohenpriester, von dem ich abstamme.‹ Du aber benimmst
dich gegen die Welt, als wärest Du und Deine ganze Familie, so
lange sie existirt, nichts als ›Sarwers‹ gewesen, und wenn heute
Einer zu Dir sagt: ›Gerson, leg' dich knapp auf den Bauch, ich will
auf Deinem Rücken herumtreten!‹ so verwett' ich meine Seele, Du
legst Dich hin und bedankst Dich noch, als hätte man Dir eine
Wohlthat bewiesen. Du bist und bleibst ein ›Sarwer‹.« –

Alle diese Reden und Vorwürfe halfen jedoch nichts; Gerson Blitz
blieb der feine, wohlerzogene Mensch, dessen Pflicht es war, Hoch-
zeitsgäste zu bedienen und sich für seine Geschicklichkeit beloben
zu lassen. Er hatte, offen gestanden, kein Verständniß für den
»merkwürdigen Stolz« seiner Frau, die überall ihres Gleichen erblickte, während er die feste Überzeugung hatte, daß die Unter-
schiede in der menschlichen Gesellschaft von Gott eingesetzt und
also fest begründet seien. Eines Tages sollte Gerson in einer benach-
barten Gemeinde bei einer Hochzeit ›Sarwersdienste‹ versehen; es
war mitten im eiskalten Winter und der unbeugsame Sinn seiner
Frau sträubte sich dagegen, den kleinen, schwächlichen Mann allen
Unbilden des Wetter preisgegeben zu wissen.

»Gerson«, sagte sie, »zeig', daß noch nicht Alles in Dir erstorben
und verdorben ist. Mußt Du Dein Leben daran setzen, damit reiche
Leute sich mit einer gut angerichteten Hochzeit rühmen können?
Bleib' daheim, Gerson, und denke Dir, die Welt soll einmal *Dein*
›Sarwer‹ sein.« Aber Gerson Blitz hielt sich trotzdem in dem Tiefsten seiner Seele verpflichtet, dem an ihn ergangenen Rufe Folge zu
leisten, bezahlte jedoch diese Treue gegen seinen Beruf mit dem

eigenen Leben. Als er von der Hochzeit zurückkam, trug er die Keime einer Todeskrankheit in sich; er legte sich hin und starb.

Am Begräbnißtage war Alles über die seltsame Wandlung erstaunt, die mit Chaje's Wesen zauberähnlich vorgegangen war. Es waren Zweifel entstanden, ob sie überhaupt weinen könne, und nun zerfloß sie in Thränen; die rührendsten Klagen entströmten ihrem Munde, sie nannte den Dahingeschiedenen »die Krone ihres Lebens«, niemals habe es einen »feineren« Menschen auf der Erde gegeben, nur leider Gottes sei er nicht verstanden worden; nur sie allein habe ihn erkannt und verstanden. So klagte und weinte sie, und nur Wenige mochten es ahnen, daß hinter der rauhen und abstoßenden Außenseite ihres Wesens ein seltsames Gefühlsleben sich verbarg, das mit eifersüchtiger Scheu über seine eigenen Ausbrüche wachte.

Die alte unbeugsame Natur Chaje's trat daher alsbald wieder in ihr Recht. Sie schlug alle Anerbietungen, die man der verlassenen Wittwe machte, mit bitterem Trotze aus; sie beleidigte die Leute, die sich ihr mit dergleichen mildthätigen Absichten nahten. Die »Annehmerin« nannte man sie in der Gasse, und sie war stolz auf diesen Titel. Das Eine stand fest in ihr: um diesen Titel war es geschehen, sobald sie den Menschen das Recht einräumte, Dank von ihr zu heischen. Dagegen sträubte sich der verborgenste Nerv ihres Innern; und so lebte sie in stolzer Genügsamkeit Jahre lang fort, bis ein Ereigniß eintrat, das ihr den andern Beinamen: »Chaje mit der Thür« zu Wege brachte.

In der Gasse lebten zwei Brüder: stille, unbeachtete Leute, um die sich die Wenigsten kümmerten. Sie waren einfache ›Dorfgeher‹ und kamen oft Wochen lang von ihren Wanderungen nicht zurück. Sie trieben in Gemeinschaft mit einander einen Handel mit ›Schnittwaaren‹ in das ferne Gebirge, Niemand wußte, wie es mit ihnen stand. Schweigsam, wie sie Beide waren, verriethen sie sich mit keinem Wort und keiner Geberde, und wurden daher vielleicht mit Unrecht für ›Mins‹ gehalten, die der Welt Sand in die Augen streuen wollten. Namentlich den älteren der Brüder, Zender, hielt man dafür; er hatte sich einmal in einer unbewachten Stunde geäußert: er halte nichts eher von sich, als bis es ihm gelungen, den ›Ständer‹ (Betplatz) seiner verstorbenen Mutter, der in der vordersten Reihe der ›Weiberschul'‹ gestanden und aus Noth hatte verkauft werden müssen, wieder an seine Familie zurückzubringen. Seit dieser Äußerung waren Jahre verstrichen und der ›Ständer‹ befand sich noch immer in fremdem Besitze.

Die beiden Brüder lebten übrigens in innigster Gemeinschaft; nie sah man Einen ohne den Andern; sie hatten in der Synagoge ein Betpult zusammen, und zusammen gingen sie auf ihre Wanderungen; wenn Einer über den Andern sprach, so meinte man stets einerlei Rede zu hören; bis auf einzelne Ausdrücke glichen sie sich darin. Nie kam ein Mißton in diese brüderliche Harmonie; und namentlich von dem jüngern, der kurzweg »Josel« hieß, ging in der Gasse die Sage um, er sei einmal eine ganze Woche krank gelegen, weil sein Bruder Zender vergessen hatte, ihm »guten Sabbath« zu wünschen. Überhaupt stand auf Seiten des Letzteren die überlegene Kraft; er beherrschte den jüngern Bruder vollständig, und Josel fiel es nie ein, über irgend eine Anordnung im ›Geschäfte‹ Rechenschaft zu verlangen. Josel's Vertrauen in den Verstand seines Bruders ging so weit, daß er die Nothwendigkeit eines Buches, worin sein »Soll« und sein »Haben« verzeichnet stand, gar nicht einsah, und nicht etwa darum, weil er seinem Gedächtnisse zu viel vertraute. Er schrieb wohl Alles auf, was er sein Guthaben an Zender nennen konnte; aber das stand in keinem Buche. Die Thüre seiner Wohnstube genügte ihm für diesen Zweck; dort hatte er einige unverständliche Zeichen mit etlichen Ziffern daneben angebracht. Das war sein ›Buch‹, und statt der Tinte diente ihm hiezu Kreide!

Josel hatte ein einziges Kind im Alter von vier Jahren; seine Frau war kurz nach der Geburt des Mädchens gestorben.

Eines Tages brachte man auf einem Bauernwägelchen einen todtkranken Mann in die Gasse. Es war Josel. Auf einer seiner Wanderungen im Gebirge war er von einer steilen Felsenwand gestürzt; Bauern fanden ihn mit zerschmetterten Gliedern am Rande eines wild dahinbrausenden Baches liegen. Er lebte noch und war bei vollem Bewußtsein. Da ihn die Bauern kannten, so bewog er sie mit Anstrengung aller seiner Kräfte, daß sie ihn in die Heimath zu seinem Kinde brachten. Am andern Morgen kam auch Zender an, den die Schreckensbotschaft frühe genug erreicht hatte.

Das war der Moment, wo in der alten Chaje die ›Annehmerin‹ mit aller Gewalt wieder erwachte. Das Elend Josel's ging ihr zu Herzen, mehr noch die verlassene Lage seines Kindes. Ungerufen stellte sie sich an dem Krankenbette des Sterbenden ein, und theilte sich mit Zender, der keine Minute sich entfernte, in die Wartung und Pflege Josel's. Niemand hatte dagegen etwas einzuwenden; man fürchtete ebenso ihren Haß, wie ihre Liebe.

Sabbath war gekommen. Die Wintersonne strahlte freundlich in die Stube, wo der Sterbende lag. Zender war in die Synagoge gegangen. Da bemerkte die alte Chaje, wie sich das Antlitz des bis dahin ruhigen Kranken plötzlich verzerrte; alle Schrecken des Todes lagen darauf. Die Augen waren mit entsetzlicher Erweiterung aus ihren Höhlen getreten.

»Die Thür«, schrie er krampfhaft, »die Thür!«

Die alte Chaje suchte ihn zu beruhigen, aber die Aufregung des Sterbenden wuchs immer mehr.

»Das Kind hat ja nichts... ohne Thür!« knirschte er zwischen den Zähnen, und suchte sich, todtschwach, wie er war, im Bette aufzurichten.

Dann schloß er die Augen und lag einige Minuten in anscheinender Regungslosigkeit da. Mit einem Male öffnete er wieder die Augen, sie waren klar, und schon glaubte Chaje, die Besinnung sei dem Kranken wiedergekehrt. Als sie aber seine Hand faßte, strömte ihr eine eisige Kälte entgegen.

»Chaje«, sagte plötzlich Josel mit gänzlich veränderter Stimme, denn sie klang voller und kräftiger, als sie sie jemals vernommen, »Chaje, gib mir Deine Hand darauf, Du wirst mein Kind nicht vergessen, denn man nennt Dich nicht umsonst die Annehmerin. Vor Allem aber gib Acht auf die Thür... man hat mir groß Unrecht gethan... die Thür...«

Noch ehe er den Schlußsatz vollenden konnte, war er todt.

Anfangs war die alte Chaje trotz ihrer starken Natur aufs Äußerste erschrocken. Sie hatte zwar ihren ›Sarwer‹ sterben gesehen, aber wie ganz anders waren die letzten Augenblicke dieses feinen und wohlerzogenen Menschen, verglichen mit denen, die sie soeben erlebt hatte? Sie hatte ein Vermächtniß vernommen, – hatte es ihr der Fiebertaumel eines mit dem letzten Strohhalm des Daseins Ringenden zugerufen? Sie fühlte etwas wie kalte Schauer über sich hinrieseln; aber die alte Chaje war kein Weib der Furcht. Sie wußte nur das Eine in diesem Augenblick: daß jemand ihre Annehmerschaft aufgerufen hatte und daß auf den Lippen eines Todten noch die Worte schwebten, die ihr ein hilfloses Kind auf die Seele banden.

Nach diesem Kinde sah sie sich zuerst um; sie hob es auf ihre Arme und stellte sich mit ihm gerade vor die Leiche hin.

»Hast Du schon einmal Schmah Jisroel gesagt?« fragte sie, indem sie dem kleinen Mädchen fest in die großen Augen sah.

»Alle Tage zweimal«, antwortete das Kind, nicht ohne Verwunderung die strenge Frau mit dem starkknochigen Antlitz anblickend.

»So sag's!« gebot Chaje.

Ohne Widerstreben ließ sich das Kind herbei, die verlangte Gebetformel Wort für Wort herzusagen.

»Jetzt ist's gut«, meinte dann Chaje, »jetzt hast Du Deinem Vater einen Gefallen gethan; denn er hat es vielleicht doch noch gehört, wie gut Du Dein ›Schmah Jisroel‹ kannst. Von künftig an wird er Dich nicht mehr hören. Dafür aber werde ich Deine Mutter sein, und Du wirst mein Kind sein, und wenn Du mir folgen und gehorchen wirst und wirst mich als Deine Mutter ansehen, so sollst Du es niemals empfinden, daß Dein Vater Josel und Deine Mutter draußen auf dem ›guten Ort‹ liegen. Übrigens weiß ich nicht, ob es nicht überhaupt besser wäre, wenn wir Beide unser Haus da draußen hätten, Du bei Deinen Eltern, und ich bei meinem guten ›Sarwer‹.«

Das Kind schien von dieser Rede sehr erschreckt; es begann heftig zu weinen, und auch die alte Chaje hatte die Augen voll Thränen, aber sie wurde ihrer bald Herr.

»Du kannst weinen«, sagte sie, indem sie das Kind in eine Ecke der Stube setzte; »was soll aber ich damit? Mein Kopf muß jetzt stark sein, damit ich nicht vergesse, was Dein Vater (mit dem der Friede sei) mir aufgetragen hat. Ich weiß nicht, ob das die Kräfte der alten Chaje nicht übersteigen wird; aber wenn ich verhüten kann, daß der Name Gottes nicht entheiligt wird, soll ich mich dagegen aufthun und sagen: Lebendiger König im Himmel, warum suchst Du Dir nicht Andere heraus, die stärker sind und mehr ertragen können, als Deine alte Annehmerin?«

Wie man sieht, hatte die seltsame Frau, während sie sich mit dem Kinde des todten Mannes so ›ausredete‹, bereits den hellen Kern gefunden, der ihr als Leitstern für ihr zukünftiges Thun dienen sollte. Ein Sterbender hatte ihr ein Unrecht geklagt; an ihm konnte es nicht mehr gut gemacht werden, aber es war eine Waise da, und das Unrecht an Waisen begangen, das nannte sie einfach eine »Entheiligung des göttlichen Namens«.

Für die alte »Annehmerin« umschlossen diese wenigen Worte eine wunderbare Gefühlswelt, in deren Tiefe zu blicken uns kaum gegönnt ist. Seltsame Wandlung der Zeiten! Was einst die Zauberformel ungezählter Jahrhunderte und ungezählter Millionen Menschen bildete, das ist ein fast klangloser Begriff geworden, der sich jetzt selten mehr über die Lippen, noch weniger durch die Herzen schleicht. Es ist fast, als wollte man ein lang gehegtes Geheimniß verrathen, und ein Geheimniß von tiefernster Bedeutung ist es, daß diese engen ›Gassen‹ mit diesen wenigen Worten keiner Heimsuchung, wie wuchtig sie auch traf, unterliegen konnten! Entheiligung des göttlichen Namens! Wie an einem Felsenwalle brachen sich daran die Wogen des Hasses und der Verfolgung, und die auf diesem Walle ihr Dasein vertheidigten, gingen kräftiger als je aus diesem furchtbaren Kampfe hervor. Mit keiner Miene, ja mit keiner Geberde wollten sie ihren Feinden verrathen, daß auch in ihrer Mitte die Saat der bösen Leidenschaften Raum fand, wo sie in giftiges Unkraut aufschossen. Wenn Einer hinging und seinen Nächsten verrieth, wenn das Weib, die Krone des Hauses, von den guten Geistern der Zucht verlassen ward, wenn mitten in der Familie der Hader sein Haupt erhob, daß es weit sichtbar ward und die Augen der Gerechtigkeit auf sich zog: immer war es die Überzeugung, daß der göttliche Name nicht entheiligt werden dürfe. Und ohne Geheiß, fast nur dem Walten eines Naturgesetzes, das der Selbsterhaltung folgend, gab sich das Gemeinwesen der ›Gasse‹ das Wort, die grauenhafte Wunde, die am Innern fraß, vor Aller Augen zu verbergen, daß die da ›draußen‹ nicht gewahrten, wie da ›drin‹ der Name des rächenden Gottes entheiligt wurde. Opfer, daran die Herzen verbluteten, wurden gebracht, – aber die zu Gerichte saßen, wurden es niemals gewahr. Hundert aufgehobene Finger zeigten nach der Sünde, die mit stolz emporgerichtetem Haupte durch die ›Gassen‹ schritt; aber wenn der Mund die Anklage aussprechen sollte, so verstummte er. Denn über aller Anfechtung erhaben, hatte sich der Glaube festgesetzt, daß der Gott der Väter doppeltes Weh empfände, wenn von einem Kinde seines Volkes die Hand gegen

Gesetz und Sitte frech erhoben ward; und wie wollte man bestehen am jüngsten Tage des Gerichts, welche Worte der Reue konnten diejenigen vorbringen, die es nicht zu verhüten gewußt hatten, daß »der göttliche Name entweiht und entheiligt wurde«?

Als ein riesiges Band, das Himmel und Erde mit einander verknüpfte, reichten diese Worte durch das ganze Leben der ›Gasse‹; Geschlechter vererbten sie auf Geschlechter, und auch unsere alte Chaje, die Annehmerin, hatte ihren Antheil davon erhalten!

Wir würden übrigens der Wahrheit geradezu entgegentreten, wenn wir behaupten wollten, es habe der alten Frau dabei eine Persönlichkeit vorgeschwebt. Sie dachte nur an Eines: wenn das Unrecht herauskommt, was dem todten Manne angethan worden, wie fange ich es dann an, daß das ›Criminal‹ davon nichts erfährt? In ihrem Kopfe wirbelten in dieser Beziehung die krausesten Vorstellungen durcheinander; sie war nämlich fest überzeugt, daß die »oben« nur darauf warteten, mit gieriger Hand zuzugreifen, wenn sich in der ›Gasse‹ irgend etwas ereignete, und so war es kein Wunder, wenn ihr schon jetzt alle Schrecken der strafenden Gerechtigkeit vor Augen schwebten. Polizeileute mit hochgeschwungenen Schwertern, und zwischen ihnen ein gefesselter Mann, dessen Ketten schauerlich rasselten... Und der gefesselte Mann war ein Kind der Gasse!

Vorläufig that also die alte Annehmerin nichts, als das am Todtenbette Josel's Vernommene in die geheimnisvollste Kammer ihrer Seele verschließen. Sie sprach mit Niemandem davon: sie verrieth sich mit keiner Geberde. Nur einmal fragte sie das Kind Josel's, indem sie es auf den Schooß nahm:

»Perlchen, mein Herz, weißt Du etwas von einer Thür?«

Das Kind starrte sie verwundert an.

»Hat Dein Vater, mit dem der Friede sei, niemals von einer Thür gesprochen?«

Das Kind verneinte entschieden eine Frage, deren Sinn es gar nicht begriff.

»Aus Dir werde ich auch nichts herausbringen«, klagte Chaje, indem sie das Kind mit heftiger Geberde von sich stieß. Dann aber hob sie es wieder auf und bedeckte es mit Küssen.

»Und wenn ich mit der Thür auf dem Rücken durch halb Böhmen wandern müßte«, rief sie leidenschaftlich, »so muß ich Dir doch Recht verschaffen.«

Als die ›Schiwe‹, die siebentägige Trauer, vorüber war, nahm Chaje das Kind und begab sich mit demselben zu Zender. Es war ihr doch seltsam auf das Gemüth gefallen, daß er sich während der ganzen sieben Tage um das verlassene Kind seines Bruders nicht gekümmert hatte: Sie erklärte sich diesen Umstand damit, daß Zender's Trauer um den Bruder eine fast namenlose war; er hatte sich am Tage der Bestattung wie ein Verzweifelnder geberdet, und alle Welt hatte gesagt, Zender sei mehr zu beklagen als Josel: er würde den Verlust schwer überleben.

An einem Sonntage machte sich also Chaje mit dem Kinde auf den Weg. Zender wohnte am entgegengesetzten Ende der Gasse in einem halbverfallenen, ärmlichen Hause. Sie traf ihn, wie er gerade die Gebetriemen vom linken Arme streifte; wie er aber das Kind Josel's erblickte, schrie er laut auf und Thränen entstürzten seinen Augen.

»Der ganze Josel«, meinte er, indem er das Kind auf die Arme nahm; »gerade solche Augen hat er auch gehabt.«

Dann streichelte er dem Kinde die blassen Wangen.

»Wirst Du Deinen Vetter Zender auch gern haben, Perlchen, mein Leben?« fragte er das Kind im zärtlichsten Tone, der auch in dem Gemüthe der alten Chaje wiedertönte:

»Nun, Zender«, sagte sie nach einer geraumen Weile, »was gedenkst Du mit dem Kinde anzufangen?«

»Was ich mit ihm anzufangen gedenke?« antwortete Zender, indem er das kleine Perlchen hastig, fast allzuhastig, auf den Boden setzte. »Kann ich denn überhaupt daran denken, etwas anzufangen? Ich meine, Du sollst das einsehen.«

»Ich versteh' Dich nicht, Zender«, sagte Chaje ganz verwirrt.

»Du hast ja selber Kinder gehabt, Chaje«, meinte Josel's Bruder, »und da wirst Du wissen...«

»Ich habe keine Kinder gehabt«, rief die alte Annehmerin mit einer gewissen schmerzlichen Herbigkeit.

»Was thut das auch zur Sache?« meinte Zender, »aber so viel wirst Du doch wissen, daß, wenn man schon sechs Kinder sein eigen nennt, die alle gesunde und frische Mäuler haben, so macht ein siebentes, was dazu kommt, schon einen großen Unterschied.«

»Ich möcht' so etwas nicht zählen«, sagte Chaje aufs Neue durch die Reden Zenders in Verwirrung gebracht. »Ich mein' nämlich, wenn Gott Einem den Segen in's Haus stellt, so darf der Mensch es sich nicht beifallen lassen, nachzusehen, ob's nicht zu wenig ist. So ist es mit Kindern. Wie Du sie zählst, so zählt sie Dir Gott nach, und ehe Du Dich umsiehst, kann Dir Eines oder das Andere fehlen.«

»Gott soll mich behüten und beschützen«, rief Zender erschrocken. »Was redest Du da, Chaje, und wie kann Dir nur einfallen, daß mir meine sechs Kinder zu viel sind?«

In der Seele der alten Chaje begann von diesem Augenblicke an ein eigenthümliches Gedankenleben; wie aus der Tiefe eines Brunnens, kamen allmälig helle Lichter an die Oberfläche ihres Denkens; es war ihr, als hätten unsichtbare Stimmen aus weiter Ferne ihr zugerufen, von nun an die Worte dieses Mannes wie ein angezweifeltes Gewicht auf der feinsten Waage zu prüfen!

»Sag's also kurz, Zender«, rief sie mit Einem Male, »Deines Bruders Waise ist Dir zu viel, Du hast an Dir genug zu tragen?«

Zender's Augen schwammen voll Thränen; er ergriff die Gebetriemen, die noch auf dem Tische lagen.

»Chaje,« rief er betheuernd, »ich schwör' dir's bei den Köpfen meiner sechs Kinder, ich bin ein armer Mann –«

»Lebendiger Gott!« schrie Chaje, ihm den Arm zurückhaltend, »bin ich denn ein Richter, daß Du Dich zum Schwören anschickst?«

Sie war aufs tiefste erschüttert.

»Du willst mir ja nicht glauben, Chaje«, sagte er.

Nach einer geraumen Weile schickte sich die alte Annehmerin zum Weggehen an. Sie hob das Kind Josel's wieder auf den Arm; das Herz war ihr wie von eisernen Reifen umspannt.

»Das kleine Perlchen werd' ich einstweilen bei mir behalten«, sagte sie, indem sie die Thürklinke ergriff, »ich seh' ja doch, der oben im siebenten Himmel will schon, daß die alte Chaje auch wissen soll, was eine Mutter ist. So will ich sie einstweilen bei dieser Waise vorstellen. Bist Du's zufrieden, Zender?«

»Das kann Dir gar nicht unvergolten bleiben, Chaje; Kinder und Kindeskinder werden davon sprechen, wenn Du längst nicht mehr bist, was du an einem fremden Kinde gethan hast.«

Chaje ging; Zender gab ihr bis an die Hausthüre das Geleite. Erst da kam es ihr in den Sinn, daß sie mit dem Oheim der angenommenen Waise noch nicht über die Hauptsache gesprochen hatte. Die Worte kamen ihr nur schwer über die Lippen.

»Zender«, sagte sie, »ich muß mit Dir noch von etwas reden, was Du vielleicht nicht weißt. Einige Minuten vor seinem Tode hat Dein Bruder Josel von einer Thür gesprochen und hat dabei ausgerufen: es wär' an ihm und an seinem Kinde ein großes Unrecht begangen worden. Ich muß immer daran denken, daß er etwas hat sagen wollen, was vielleicht für die Zukunft seines Kindes von großem Nutzen sein könnte. Warum hätte er in Einem fort: die Thür, die Thür! ausgerufen, wenn er nicht etwas damit gemeint hätte? Vielleicht hat er dort eine Schuld aufgeschrieben gehabt, und da solltest Du, weil doch ein Kind da ist von ihm, dafür sorgen, daß es nicht zu Nachtheil kommt?«

Ein stilles, trauriges Lächeln schlich über die Gesichtszüge Zender's.

»Was bist Du doch für ein Narrele, meine gute Chaje«, sagte er bedächtig, ohne auch in einem Worte eine höhere Erregtheit zu zeigen, »daß Du Dir solche Dinge in den Kopf setzest? Weiß ich denn nicht selbst am besten, wie es um ihn gestanden ist? Woher soll Josel, mein Bruder, sich so viel erübrigt haben, um es als Schulden an die Thüre zu schreiben? Josel war ein armer Mann, wie ich einer bin, und wenn ich heute sterbe, wer nimmt sich meiner sechs Kinder an?«

In diesem Augenblicke wußte die alte Chaje in der That nicht, was sie Zender antworten sollte. Sie fühlte, daß er die Wahrheit sprach, und doch – es regte sich kein Mitleid in ihr, es rieselte etwas Erkältendes aus den Worten Zender's und drang nicht an ihr Herz. Darum behielt sie ihr kühles Bewußtsein, und nach einer Weile fiel sie wieder in den frühern Gedankengang.

»Er hat aber doch so bestimmt von einer Thür gesprochen«, meinte sie, »und er war damals gerade so bei Vernunft, wie ich und Du. Es muß etwas Besonderes mit der Thür zusammenhängen, und das wird aus meinem Kopfe nicht herausgehen, als bis ich es gefunden habe.«

»Lass' das gut sein, Chaje«, sagte Zender mit demselben traurigen Lächeln um die dünnen Lippen. »Du hast meinen Bruder Josel nicht so gekannt wie ich. Er hat immer einen schwachen Kopf gehabt, und da darf es Dich nicht Wunder nehmen, daß er wenige Minuten vor dem Tode nicht stärker geworden ist. Mit der Thür magst Du Recht haben; aber was wird es gewesen sein? Er hat sich vielleicht die zwei ›Jahrzeiten‹ von Vater und Mutter aufgeschrieben gehabt, um sie nicht zu vergessen, und wie der Todesengel an sein Bett getreten ist, da mag er an die Thür gedacht haben; aber auf Schulden hat er in diesem Augenblicke nicht seine Gedanken gerichtet. Sein Kopf ist dafür zu schwach gewesen.«

Es überkommt die Seele zuweilen ein ahnungsvolles Schauen und Empfinden, das wie ein Blitz niederfährt, und gleich diesem wieder in das nächtige Dunkel zurückfährt. Während Zender so sprach, war es für die alte Annehmerin, als ginge sie in lauter Licht, alle Wege waren aufgehellt und auch nicht der kleinste Punkt in dem wirren Gedankenleben, das sie seit dem seltsamen Vermächtnisse Josel's führte, blieb ohne Beleuchtung. Jetzt wußte sie, was sie wissen wollte, jetzt war es ihr klar geworden, warum der Sterbende sich so entsetzensvoll an die... Thüre geklammert hatte. Da stand er vor ihr, der »den Namen Gottes« entweiht und entheiliget hatte...

So mächtig war das Gefühl der tiefsten Entrüstung über sie gekommen, daß ihr selbst das armseligste Wort versagte. Den eigenen Bruder, der im Grabe lag, der Verachtung preisgeben, Schlechtes von dem zu reden, der mit ihm von einer Mutter gesäugt worden war, Denjenigen noch im Andenken zu verkleinern, dem er früher Bruderliebe geheuchelt hatte, das konnte nur Einer, auf dessen Gewissen etwas von einer schweren Schuld lastete.

»Er hat's ausgelöscht«, schrieen gewaltige Stimmen in ihr, »er weiß, was dort geschrieben war, all' sein Reden und Schwören hilft ihm nichts. Er hat's gethan.«

Aber sie sprach diesen Gedankensturm nicht aus; sie konnte den Mann mit ihren scharfen, grauen Augen nur anstarren, aber die Heftigkeit, womit sie das Kind Josel's immer fester an sich drückte, hätte Zender sagen können, was in der alten Frau in diesem Augenblicke vorging.

»Noch Eines meine gute Chaje«, sagte er, und wieder legte sich die Traurigkeit des frühern Lächelns um seine Lippen. »Du nimmst jetzt das Kind zu Dir, und ich mein', es ist bei Dir so gut aufgehoben, wie bei einer wirklichen Mutter. Wenn Du übrigens für das Kind manchmal ein Kleid oder ein paar Schuhe bedarfst, so weißt Du, bei wem Du so was zu holen hast. Gott hat mir zwar sechs Kinder geschenkt, aber wenn man so viele zu bekleiden hat, so wird auch noch Manches für Josel's Kind übrig bleiben. Viel wird es nicht sein, denn du kennst das Sprichwort: Kurz geschorene Haar' sind bald gebürstet.«

Da konnte die alte Annehmerin sich nicht enthalten, mit aller Herbigkeit ihres Wesens auszurufen:

»Ja, Zender, ich werde die Mutter dieses Kindes sein, und wie eine Mutter werde ich darüber wachen. Und wie eine Löwin werde ich dastehen, wenn man da meinem Perlchen ein Unrecht wird anthun wollen. Das aber sag' ich dir, Zender, wer die Thür auf dem Gewissen hat, von der Dein Bruder Josel in seiner letzten Stunde gesprochen hat, dem wird diese Thür ein starkes, eisernes Thor sein mit großen Schlössern und Riegeln daran, und ins ›Gan Eden‹ (Paradies) kommt der nicht hinein.« –

Von diesem Augenblicke an war das Leben der alten Chaje gleichsam von zwei Gewalten, die gegenseitig sich jeden Fußbreit Landes streitig machten, gleichmäßig beherrscht. Haß hieß die eine, Liebe die andere. Was sie von der einen im reichlichsten Maaße auf das Kind übertrug, das gab sie mit gefüllten Scheffeln von dem andern an Zender zurück.

Den Leuten in der ›Gasse‹ kam es übrigens als etwas Selbstverständliches vor, daß Chaje der verlassenen Waise sich angenommen hatte. So hatte sie selbst, urtheilte man, auf ihre alten Tage ein Wesen um sich, dessen sie sich erfreuen konnte. Sonderbar genug erblickte man hie und dort in diesem Schritte der »Annehmerin« den fürchterlichsten Eigennutz. »Sie hat ihren ›Sarwer‹ zu Tode geplagt«, hieß es, »sie wird das Gleiche auch an dem armen Waisenkinde versuchen.«

Aber so sind die Menschen! Dafür, daß ihnen die werkthätige Chaje eine Last abgenommen hatte, nämlich die Sorge für ein hilfloses Kind der Gemeinde, bezeugten sie ihr Lob oder Tadel, je nachdem es in ihrer Stimmung gegen die alte Frau lag; wenn sie aber in geheimnisvollem Tone auf den Gegenstand zu sprechen kam, der ihr seit dem Tode Josel's als ein noch nicht angetretenes Vermächtniß im Gemüthe lag, auf jene Thüre nämlich, dann hatte man für diese ›fixe‹ Idee der alten Frau nur eine mitleidige Miene oder meistentheils ein rohes Gelächter, und bald hieß es nicht mehr, die »Annehmerin«, sondern »Chaje mit der Thür«, als ob die alte Frau nie einen andern Namen getragen hätte!

Chaje nämlich ruhte nicht; sie forschte und fragte, und wo ihr irgendwo ein Licht erschien, das ihr auf die Spur des Zusammenhanges der Thüre mit den letzten Worten Josel's verhelfen konnte, darauf ging sie mit einem Eifer zu, den selbst die Jahre nicht zu ermatten im Stande waren. Bald vorsichtig, bald leidenschaftlich verfolgte sie ihr Ziel, das aber, je näher sie ihm zu kommen glaubte, schattengleich schwand. Und ein Schatten von einem Schatten war es, wenn sie die Leute fragte, ob sie nicht wüßten, daß Josel irgend ein Vermögen hinterlassen habe, ob sie nicht erfahren hätten, daß ihm jemand etwas schuldig geblieben?

»Was fragst Du mich?« hieß es dann gewöhnlich, »frag' doch lieber seinen Bruder Zender, der muß Dir die beste Auskunft geben können.«

»Zender weiß von nichts«, bemerkte sie dann mit einer gewissen lauernden Miene, »und er selbst ist ein armer Mann.«

Seltsam! Die Überzeugung im Herzen hegend, daß der Bruder Josel's eine Gewissensschuld in sich trage, hatte ihr Mund doch Scheu, den Verdacht auszusprechen, der lichterloh in ihrer Seele brannte.

Einmal entfesselt, wußte sie, ließ sich die Flamme nicht mehr bändigen; sie ergriff Alles, was ihr im Wege stand, und das konnte und durfte sie um des »göttlichen Namens« willen nicht zugeben; die Sünde wäre dann auf ihr Haupt zurückgefallen!

»Wenn Du also auch dieser Meinung bist«, entgegnete man ihr, »was willst Du dann? Zender ist ein frommer Mann; wäre der im Stande, seines Bruders Waise ein Unrecht anzuthun? Die Sache ist, daß ein Mann mit sechs Kindern ein armer Mann ist, und Du siehst es ja mit Deinen eigenen Augen, wie er sich plagt und abmüht, um Brod für seine Familie ins Haus zu schaffen. Thut das Einer, wenn ihn nicht die Noth dazu zwingt?«

Ja! das sah die alte Annehmerin freilich mit ihren eigenen Augen! An jedem Freitag Nachmittag, wenn sie selbst draußen vor ihrem Laden stand, kam Zender vorüber, einen schweren Pack auf dem Rücken, dessen Wucht ihn bis zum Boden niederzubeugen schien, und wischte sich vor ihrem Angesichte den Schweiß von der Stirne. Wie kummervoll er aussah! Das ganze Elend eines ›Dorfgehers‹, der oft die ganze Woche keinen warmen Bissen zu sich nahm, stand dann lebendig vor ihr. Wenn Chaje das sah, dann flüchtete sie sich in das Innere ihres Ladens, dann schlug ihr das Herz vor stürmischer Aufregung, und oft saß sie da, ihr Antlitz mit den Händen bedeckend, und mußte bitterlich weinen.

»Und er hat's doch ausgelöscht!« riefen dann die unversöhnlichen Geister in ihr, »und er hat's doch gethan und kein Anderer, denn er hat seinen Bruder im Grabe beschimpft.« –

Eines Tages kam das kleine Perlchen aus der Schule und fragte sie:

»Warum heißen sie Dich: Chaje mit der Thür?«

»Wer hat mich so geheißen?«

»Vetter Zender's Marianne, die neben mir sitzt.«

»Also in Deines Vetters Haus nennt man mich auch so?«

Mehr sagte Chaje nicht; aber als sie in der Nacht das Kind zur Ruhe gebracht und mit ihm das Schlafgebet gesagt hatte, blieb sie gegen ihre Gewohnheit am Bette sitzen, anscheinend in tiefe Gedanken versunken.

Plötzlich sagte sie:

»Perlchen, ich habe noch mit Dir etwas zu reden. Schlaf' nicht ein.«

Die Stimme der alten Chaje zitterte vor innerer Bewegung, die sonst so sicher und muthig klang.

»Soll ich Dir sagen, Perlchen, warum sie mich ›Chaje mit der Thür‹ heißen?«

Das Kind öffnete trotz seiner Schlaftrunkenheit die großen, glänzenden Augen und richtete sie fragend auf das Antlitz der Pflegemutter.

»Ich will Dir das jetzt sagen, Perlchen«, fuhr sie fort, »und ich glaube auch, Du wirst mich verstehen. Dein Vater, mit dem der Friede sei, war ein armer Mann; aber einmal hat er etwas gefunden, ich glaube, es war ein Stück Gold, und damit er es nicht wieder verliere, hat er es irgendwo an einem versteckten Orte aufgehoben; auch hat er mit Kreide auf die Thüre geschrieben, wo es zu finden sein wird, wenn er den Ort einmal vergessen sollte. Weißt Du noch, Perlchen, die Stube, wo Du früher gewohnt hast, und die Thür dort?...«

Das Kind nickte bejahend mit dem Kopfe.

»Also wie Dein Vater, mit dem der Friede sei, im Sterben war, da hat er nur mir allein anvertraut, daß dort auf derselben Thüre aufgeschrieben steht, wo er sein Stück Gold aufgehoben hat. Wie ich aber zu der Thüre hingehe und will nachsehen, was Dein Vater dort hat aufgeschrieben gehabt, was meinst Du, Perlchen, habe ich dort gefunden? Nichts, gar nichts; alles war ausgelöscht, und darüber ist Dein Vater gestorben.«

Der märchenhafte Charakter, in den sie die Wirklichkeit zu kleiden verstanden hatte, ergriff die Aufmerksamkeit des Kindes mit bannender Gewalt.

»Und weil ich jetzt forsche und nachsuche, ob ich denn doch nicht das Versteck finde, wo Dein Vater seinen Fund aufgehoben hat, und weil ich die Leute auf und ab frage, ob sie mir nicht sagen können, was auf der Thüre aufgeschrieben gewesen ist, und weil mir mein Herz darob bricht, und weil alle meine Gedanken bei den letzten Worten Deines Vaters Josel stehen geblieben sind – darum heißen sie mich: ›Chaje mit der Thür‹. Und jetzt weißt Du, wie es mit mir steht.«

»Weiter!« meinte das Kind, weil ihm das Ende des Märchens noch nicht gekommen schien.

»Das Geschichtchen ist aus!« sagte die alte Chaje tonlos, denn mehr als je war die Erfolglosigkeit ihres bisherigen Thuns an sie herangetreten.

Nach einer Weile aber rief sie mit großer Heftigkeit:

»Perlchen, schlaf' noch nicht ein, ich habe Dir noch etwas zu sagen.«

Das Kind horchte wieder auf

»Wer hat mich zu Dir ›Chaje mit der Thür‹ geheißen?«

»Vetter Zender's Marianne, die neben mir in der Schul' sitzt.«

»Von nun an wirst Du bei Deines Vetter Zender's Marianne nicht mehr sitzen, und wirst kein Wort mit ihr reden, und wenn sie mich in Deiner Gegenwart so heißt, so kannst Du die Hand gegen sie aufheben und sie schlagen... Nein, nein, schlage sie nicht, es ist schon Einer da, und der heißt Gott im siebenten Himmel, und der wird eines Tages mich auch ›Chaje mit der Thür‹ heißen, aber da wird meine Seele lachen und wird sagen: Ich habe doch Recht gehabt, und ich habe Dein Kind angenommen, denn ist nicht eine Waise Dein liebstes Kind?«

Helle Thränen rannen über das hagere Antlitz der alten Annehmerin. Das Kind aber, erschreckt durch die dunkeln Worte und die Leidenschaftlichkeit seiner Pflegemutter, versteckte sein Köpfchen hinter die Kissen, bis Chaje nach einer geraumen Weile sagte: »Perlchen, schlaf' noch nicht ein!«

Das Kind hub gehorsam seinen Kopf aus den Kissen.

»Hast Du Vetter Zender's Marianne gern?«

»Wie mich selbst!«

»Ich kann Dir nicht helfen, Perlchen, mein Gold, Du mußt Dir das aus dem Herzen herausreißen, und wenn es Dir auch weh thut. Du hast Deinen Vater, mit dem der Friede sei, nicht gehört, wie er gerufen hat: die Thür, die Thür... Und wenn sie Dich blutrünstig schlägt, so geh' Du still zur Seite und rede nichts! Es wird schon eine Zeit kommen; für jetzt müssen wir aber alle Beide schweigen!« –

Seit dieser nächtlichen Besprechung mit dem Kinde Josel's waren fünf Jahre verflossen. Für Chaje war diese Zeit schattengleich entwichen, kaum daß sie bemerkte, daß die Waise indessen aus einem verkümmerten Wesen eine Blüthe geworden war, auf der die Augen der Gasse mit Behagen ruhten. Noch immer ging Zender an jedem Freitag Nachmittage mit dem schweren Packe des ›Dorfgehers‹ an ihrem Laden vorüber, noch immer war seine Miene tiefbekümmert; nichts in seinem Wesen verrieth, daß eine günstige Änderung seiner Lage eingetreten war, die sich auch äußerlich kundgeben mußte. Namentlich an solchen Tagen fuhr es ihr oft wild durch den Kopf: war sie im Recht, war sie im Unrecht? Der Bau der sittlichen Weltordnung schien dieser alten Frau auf unsicheren Grundlagen zu ruhen, der Ausklang ihres müde gewordenen Lebens schien ihr nur von der Lösung der Frage abzuhängen: wer hatte die Schrift des armen Mannes von der Thüre weggelöscht? War es Zender? Und wenn er es war, warum zögerte das Verhängniß, über denjenigen hereinzubrechen, der auf seinem Gewissen Flecken trug, schwärzer als die finstere Nacht?

»Lebendiger Gott!« rief sie zuweilen in der Angst ihres Gemüthes, von Schauern überflogen, »hast Du mich darum zu Deiner Annehmerin gemacht, daß ich jetzt auf meine alten Tage wie eine Trunkene umherwandeln muß, die nicht weiß, was Wahrheit ist und was Lüge? Warum läßt Du mich in solcher Finsterniß gehen? Hätte ich vielleicht nicht auf Josel's letzte Worte hören sollen?...«

An einem Sabbathmorgen kam Chaje sehr früh in die Weiberschul'. Der Gottesdienst hatte kaum begonnen, und darum waren die meisten Sitze noch leer. Allmälig füllte sich der Raum mit festtäglich geschmückten Frauen, die geschäftig plaudernd und geräuschvoll eintraten und sich noch Manches mitzutheilen hatten, ehe sie die Gebetbücher aufschlugen. Hie und da schlug die Frage: »Wo hält man?« an Chaje's Ohren, und mitten in ihrer Andacht konnte sie sich nicht enthalten, darüber grollend nachzudenken, wie verdorben die heutige Welt sei, die nicht mehr verstehe, aus einem angefangenen Worte die Gebetstelle zu errathen, die von dem Vorbeter unten bei den Männern gerade angestimmt wurde. Zu ihrer Zeit war das anders gewesen. – Da rauschte eine in Seide gehüllte Gestalt an ihr vorüber.

»Wer war das?« fragte Chaje ihre Nachbarin, da gerade das »Leinen« oder der Vortrag des Wochenabschnittes aus den fünf Büchern Moses beginnen sollte.

»Kennst Du die nicht?« lautete die Antwort. »Das war Zender's Frau.«

»*Die* in einem seidenen Kleide?«

Alles Blut drängte sich ihr zu Kopfe. Sie sollte in dieser Stunde noch mehr erfahren.

Sie sah, wie Zender's Frau, rauschend in ihrem seidenen Kleide, sich durch die Betplätze drängte und endlich in der vordersten Reihe, hart am Gitter, da wo die vornehmsten und reichsten Frauen der Gasse saßen, sich niederließ.

»Wie kommt *die* auf diesen Platz?« fragte Chaje wieder.

»Chaje, wie kommst Du mir nur vor?« meinte die Nachbarin achselzuckend, »Du redest, als kämst Du aus Amerikum! Weißt Du denn nicht, daß Zender den Sitz um baare sechshundert Gulden gekauft hat? Er hat früher seiner Mutter gehört; jetzt hat er ihn für seine Frau erworben.«

»Ist er's denn im Stande, zu thun?«

»Wie fragst Du nur, Chaje? man sagt, Zender wird nächstens ein großes Gewölbe auf dem ›Ring‹ aufmachen.«

Plötzlich stieß die Nachbarin, die so gesprochen hatte, einen schrillenden Schrei aus: die Frau die neben ihr saß, war in Ohnmacht gesunken; es war unsere alte Chaje.

Die Frauen drängten sich herbei; eine von ihnen trug ein wohlriechendes Wasser bei sich, womit man die Ohnmächtige besprengte. Als sie wieder die Augen aufschlug, lauteten ihre ersten Worte:

»Die Thür', die Thür'!«

»Soll Einer nur sagen«, flüsterte eine der jungen umherstehenden Frauen, »wie sie zu dieser fixen Idee gekommen ist?«

»Narrele«, bemerkte ihr eine ältere mit der Miene tiefer Erfahrung, »kannst Du mir sagen, woher überhaupt eine Krankheit kommt? Es ist eine Krankheit, wie jede andere.«

Als Chaje sich einigermaßen erholte hatte, begehrte sie, nach Hause geführt zu werden. Es litt sie nicht mehr an einem Ort, und war es selbst der ihrem Gott geweihte, die Luft mit Zender's Frau zu athmen, die in einem Kleide sich blähte, das nicht ihr gehörte, und einen Sitz einnahm, der mit dem blutigen Erbtheile einer Waise gekauft ward.

Allein gelassen mit Perlchen, ihrem Pflegekind, rief sie dieses zu sich. Das Mädchen stand tief erschrocken vor dem fast unheimlichen Anblick, den die alte todtblasse Frau bot. Sie saß in einem morschen Lehnsessel, die Arme kraftlos herabhängend, während unter den graugewordenen Brauen die Augen fieberhaft leuchteten.

»Perlchen«, sagte sie schwach, »wie alt bist Du eigentlich heute?«

»Weißt Du das nicht? Auf Sukkoth (Laubhüttenfest) werde ich vierzehn und ein halbes Jahr alt.«

»Und wie ich Dich zu mir genommen habe, warst Du ein vierjährig Kind!«

Dann drang ein tiefer Seufzer aus ihrer Brust.

»Ich versteh' mich auf Gott nicht mehr. Kann Er warten, oder können die Menschen sich gedulden? Seit zehn Jahren warte ich Stunde und Minute, daß Er, der gelobt und gepriesen sei, sich mir zeigt, und was muß ich erleben? Es ist alles ärger geworden, und ich geh' noch immer in der alten Finsterniß.«

Sie schwieg hierauf eine geraume Weile, und saß dann mit geschlossenen Augen da, so daß Perlchen glaubte, sie schliefe. Plötzlich fuhr sie mit einem lauten Schrei auf; sie umklammerte die Hände des Mädchens und rief mit Tönen des tiefsten Entsetzens:

»Perlchen, mein Kind, ich glaub', ich werde sterben. Ich fühl's schon, wie mir der Tod vom Herzen heraufkommt. Dann wirst Du allein auf der Welt dastehen, und ich werde allein in der Erde liegen. Aber ich will noch nicht sterben, ich darf nicht... und Gott läßt noch immer auf sich warten...«

Allmälig beruhigte sie sich wieder; ihr Auge verlor den schreckhaften Glanz.

»Perlchen«, sagte sie, das Haar und die Wangen des Mädchens streichelnd, »erinnerst Du Dich noch an jene Nacht, wo ich Dir von dem Stück Gold erzählte, was Dein Vater, mit dem der Friede sei, einmal gefunden hat, und wie er's auf die Thür geschrieben hat, um den Ort, wo er es versteckt hat, nicht zu vergessen?«

»Als wenn es heute geschehen wäre!«

»Damals habe ich Dir gesagt, ich könnt' den Ort nicht auffinden, wie ich auch forsche und suche, weil Einer die Schrift ausgelöscht hat von der Thüre. Soll ich Dir etwas verrathen? Von heute an kenne ich den Ort, und weiß auch, wer die Schrift Deines Vaters ausgelöscht hat...«

»Ich weiß es auch«, sagte Perlchen tonlos.

»Lebendiger, großer Gott! was sagst Du da?« schrie die alte Frau mit dem ganzen Aufgebot ihrer tief leidenschaftlichen Natur. Drohend, hoch aufgerichtet, mit brennenden Augen stand sie vor dem Mädchen da.

Seltsamerweise zeigte sich Josel's Kind in diesem Augenblicke nicht erschreckt. Es sagte:

»Ich habe ihn schon damals errathen!«

»Um Gottes Willen, red' nicht weiter und verstumm' lieber, ehe Du Deine Lippen wieder aufmachst!« rief die alte Chaje in namenloser Aufregung. »Du versündigst Dich, und bringst auch mich in eine Sünde, wie Du nur daran denkst, einen Namen zu nennen.«

Perlchen begann zu weinen.

»Habe ich nicht auf Dein Geheiß meines Vetters Marianne die Freundschaft aufgesagt?« sagte sie. »Hast Du gesehen, daß ich ein Wort mir ihr geredet habe, seitdem Du es mir verboten hast?«

Das Wesen der alten, sonderbaren Frau hub sich unter diesen Worten, als würde es von gewaltigen Fittigen erfaßt. Ihr Antlitz hatte in diesem Augenblicke einen Ausdruck, den man nie und nimmer der herben und vergällten Annehmerin zugetraut hätte; sie sah jünger aus, dabei waren ihre scharf ausgeprägten Züge von einer feinen durchsichtigen Röthe überflogen. Perlchen meinte, niemals eine schönere, alte Frau gesehen zu haben.

»Perlchen, mein Kind«, sagte sie, und jeder Ton ihrer Sprache verrieth, daß er sich den unnahbarsten Tiefen ihres Gemüthes entrang. Sie hatte die Hand auf den Kopf des Mädchens gelegt, und sah ihr durchdringend, jedoch ohne Aufregung in die Augen. »Perlchen, von heute an mache ich mein Verbot zu nichte, Du kannst mit ihr umgehen, wo und wie es Dir gelüstet, und brauchst Dich nicht zu kümmern, ob sie mich Chaje mit der Thür heißt, oder mir einen andern Namen gibt...«

»Ist das Dein Ernst?«

»Du weißt, Chaje hat nie einen Spaß verstanden!«

Ahnte das Kind, daß das Wesen der alten Frau in diesem Augenblicke von dem hohen Gedanken der Gottesheiligung berührt worden war? Ahnte es, was in Chaje vorgegangen sein mußte, ehe es sich zu dem Entschlusse aufrafften den es soeben ausgesprochen? Es lag eine unsagbare Ehrfurcht in der Bewegung, mit der das junge Mädchen ihre welke Hand erfaßte und sie küßte. –

Von diesem Tage an schien sich überhaupt eine merkwürdige Veränderung in der alten Chaje vorzubereiten, die sogar den Leuten in der Gasse nicht entging. Sie kam jetzt selten oder nie auf ihre ›fixe Idee‹ zu sprechen; sie erschien jetzt den Meisten als vollkommen gesundet. Die »Annehmerin« trat zwar hie und da noch mit großer Gewalt in ihr hervor, aber ihr Ton hatte die frühere schneidende Herbigkeit verloren; eine Art Ruhe ging jetzt von ihr aus, und doch hatte es in ihrem Gemüthe niemals stürmischer getobt, als gerade seit jenem Sabbath.

Die Woche darauf eröffnete Zender sein großes Gewölbe mit Schnittwaaren ›oben auf dem Ringe‹ unter den Hallen des Platzes. Eine alte Jugendfreundin Chaje's, die Frau des Gemeindeschlächters, kam zu ihr und erzählte Wunderdinge von der Pracht und Herrlichkeit, die sich da draußen in Zender's Waarenlager aufthat. Chaje's Lippen zuckten nicht einmal bei dieser Schilderung, die sie sich bis auf die geringsten Kleinigkeiten ausmalen ließ.

»Hat Zender auch eine gute Thüre an seinem Gewölbe machen lassen?« unterbrach sie mit einem Male die geschwätzige Erzählerin.

»Eine gute Thür? Wie verstehst Du das, Chaje?«

Auf dem Antlitze der Nachbarin stand leserlich die Verwunderung, daß Chaje aufs Neue in den unverbesserlichen Fehler ihrer kranken Einbildungskraft zurückgesunken sei.

»Ich meine nur«, sagte Chaje mit einem Lächeln, das ihr sonst nicht eigenthümlich war, »eine feste Thür ist zu Allem gut; man

kann darauf mit Kreide seine Schulden aufschreiben, und dann
schützt sie Einen vor Dieben.«

Ein anderes Mal kam dieselbe Freundin zu Chaje, und nach man-
chem Hin- und Herreden sagte sie unerwartet:

»Chaje, die ganze Welt wundert sich über Dich, daß Du Dir für
Dein Perlchen nicht mehr von ihrem Vetter Zender geben lassest.«

»Mehr?« fragte die alte Annehmerin, und ihre Augen schossen
wie in den vergangenen Tagen wildverhaltener Leidenschaftlichkeit
ein dunkles Feuer von sich. »Mehr? Habe ich denn schon etwas
verlangt oder angenommen?«

»Man sagt doch, er hat schon oft zu Dir geschickt und Dir schöne
Sachen oder auch Geld für Perlchen angetragen, Du aber hast Alles
ausgeschlagen; und jetzt, wo Zender ein Mann in der Gemeinde ist,
solltest Du Dir's überlegen, ob Du Recht thust, die Stolze zu spie-
len.«

»Die Stolze? Ich soll stolz sein? Ich bin demüthiger wie ein ge-
schlagen Kind. Ich wart' nur darauf, daß mir Gott zu meiner Thür
verhilft.«

»Du kommst immer auf Deine alten Reden zurück!« meinte die
Freundin, verlegen lächelnd.

»Ich bin nur Gottes Annehmerin!« sagte Chaje mit starker Beto-
nung. »Ich begehr' meine Sach' nur von Gott!«

»Was hast Du aber gegen Zender? Wer Dich so reden hört, meint,
er muß wenigstens Dir ein Kind einmal gemordet haben. Wie
schickt es sich, sich mit einem Manne zu verfeinden, den man bei
einer Gelegenheit ganz gut brauchen kann?«

Chaje lächelte fein, ohne alle Bitterkeit.

»Du weißt, die alte Chaje hat von jeher ihre Gedanken und Lau-
nen gehabt, wie kein Anderer in der Gasse«, sagte sie ausweichend.
»Auf seine alten Tage dreht und wendet man sich nicht um, wie ein
Trenderl. Lass' mir mein Trenderl!« –

Mit unheimlichen Gefühlen im Herzen ging die alte Jugendfreundin von Chaje hinweg. Später sprach sie sich gegen ihre nächs-
te Umgebung mit der grimmigsten Entrüstung darüber aus, daß

man überhaupt das Kind Josel's bei der »Annehmerin« gelassen habe. Das sei in der Gemeinde unerhört; und wenn man das Mädchen in den schlechtesten Dienst stellen würde, so wäre sein Geschick noch immer besser, als ihre Jahre bei Chaje mit der Thür zuzubringen, wo sie selbst in Gefahr stehe, nach und nach in Chajes Krankheit zu verfallen. Man solle um Gottes Willen darauf dringen, daß Zender sich des Kindes annehme; es werde nichts Gutes herauskommen, wenn man noch länger zögere, und ein Waisenkind sei auch ein Mensch.

Das böse Gerede ging dann auch wie giftiges Unkraut zwischen Frühlingssaaten ganz üppig auf. Hier und da ging der Name des armen Waisenmädchens über die Lippen der Gasse; hier und da dachte man sogar ernstlich daran, mit der alten Chaje ein ernstes Wort zu reden; heftiger erregte Gemüther drangen sogar mit überzeugender Beredtsamkeit darauf, mit Gewalt vorzugehen. Aber es war eigenthümlich, welche Scheu sich Aller bemächtigte, wie schüchtern man sich im entscheidenden Augenblicke von der Sache, wenn man sie zum Abschlusse gebracht glaubte, abwendete.

So blieb die alte Chaje im ungestörten Besitze ihres Perlchens.

»Lange kann sie so und so nicht mehr leben«, tröstete man sich endlich. »Wie sie aber einmal die Augen schließt, wird Zender zeigen, daß ihm seines Bruders Kind doch etwas werth ist.«

Mittlerweile war wieder Jahr zu Jahr gekommen; zum nächsten Laubhüttenfeste trat Perlchen ihr achtzehntes Jahr an! Chaje schien diesen Fortgang der Zeiten gar nicht zu bemerken, unverwandt blickte die alte Frau in die dämmernden Gebilde der Zukunft, die sie noch erleben wollte. Dabei nahmen ihre Kräfte sichtlich ab; nur mühsam hielt sie sich aufrecht und konnte oft Tagelange nicht in den kleinen Laden hinab, der ihr und Josel's Kinde einen armseligen Unterhalt gewährte.

In einer Nacht wachte sie mit einem Male mit einem lauten Gelächter aus dem Schlafe auf. Perlchen, die ihr zur Seite schlief, fragte sie, gleichfalls erwacht, um die Ursache dieser sonderbaren Freude:

»Denk' Dir nur, Perlchen,« sagte sie immer munterer werdend; »wen glaubst Du, hab' ich im Traum gesehen? Keinen andern als meinen ›Sarwer‹. Du hast ihn nicht gekannt, Perlchen, den feinen wohlgezogenen Menschen; ich sag' Dir, Perlchen, solche Menschen werden gar nicht mehr geboren, wie mein Sarwer war. Und gerade so, wie er vor zwanzig Jahren ausgesehen hat, so ist er da neben mir auf meiner Stube gesessen und hat mit mir gesprochen. Ich hör' ihn noch, wie er zu mir sagt: ›Chaje, Du bist gegen die Menschen nicht demüthig genug, Du meinst immer, es muß Alles nach Deinem Kopfe gehen.‹ Und darüber, daß mein Sarwer mir das gesagt hat, habe ich laut auflachen müssen, und bin darüber aufgewacht.«

Dann stützte sie gedankenvoll längere Zeit ihren Kopf mit beiden Händen.

»Perlchen«, sagte sie dann, »Du wirst einsehen, daß wenn mein feiner Sarwer den Muth hat, jetzt wo er schon zwanzig Jahre todt ist, so mit mir zu reden, so hat das etwas zu bedeuten. Ich brauch' Dir nicht zu sagen, was?«

Dann richtete sie sich mühsam im Bette auf

»Wein' nicht«, sagte sie streng, »und betrüb' Dir Dein Herz nicht. Ich hab' vielleicht schon zu lange gelebt, und wenn Einem Gott ein Gemüth gegeben hat, wie mir, so paßt man gar nicht für diese Welt. Was hab' ich davon, daß ich mich erkühnt habe, als Gottes Annehmerin zu gelten? Hat es mir Freude gebracht, haben mich die Menschen darum mehr geliebt? Mit meinem Manne habe ich in Unfrieden gelebt, so lang' er auf Erden war, warum? Weil ich das Unrecht nicht leiden gekonnt, daß Er, der der feinste Mensch war, Andern hat dienen müssen, und sich bücken und beugen, und darum habe ich ihm sein Leben verbittert. Und so habe ich auch keinem Menschen Freude gebracht; denn es lastet schwer auf dem Gemüthe, wenn Einen Gott zu seiner Annehmerin gemacht hat. Dann geht es von Einem aus wie ein glühend Feuer, das Alles verzehrt, was Einem im Wege steht, oder wie im Winter der grimmige Frost, wovon alles zu Eis erstarrt. Man soll die Welt gehen lassen, wie sie will, denn sie ist wie ein scheues Pferd, das man aufhalten will. Sei kein Narr, und lasse das Pferd laufen, Perlchen! Eine Gottes-Annehmerin muß auf Alles gefaßt sein, auf Undank und auf Bosheit, und daß man sie zuletzt auslacht, wie einen Hochzeitsnarren, der der Welt seine Späße vormacht...«

»Verkleinere Dich nicht selbst!« rief das Mädchen tieferschüttert, »Du hast das um mich nicht verdient.«

»Ich soll mich nicht verkleinern?« sagte Chaje fast höhnisch. »Wer hat sich denn so groß gemacht, wie ich? wer hat sich über seine Kräfte hinausgehoben, als ich? Und worin habe ich etwas um Dich verdient? Ich habe Dich zu mir genommen, wie Du ein hilflos Kind warst, und habe Dir zu essen und zu trinken gegeben –«

»Warum hat das kein Anderer gethan?« rief Perlchen und hielt inne.

»Wie verstehst Du das, Perlchen?« schrie die alte Annehmerin in deren Antlitz sich eine plötzliche Umwandlung vorbereitete. »Wen meinst Du damit?« rief sie, Angst und Entsetzen in allen Zügen ihres hagern Gesichtes.

Perlchen neigte sich zu ihrem Ohre, und flüsterte ihr etwas hinein.

»Still, still, um Gotteswillen kein Wort weiter«, rief die alte Frau, »Du weißt doch, warum wir Beide schweigen müssen!«

Ein tiefes Stillschweigen waltete hierauf durch eine geraume Weile in der nächtigen Stube. Seltsames Spiel in den Seelen zweier Menschen! Wie ein zweischneidiges Schwert lag ein Geheimniß zwischen ihnen; sie konnten es aussprechen und wachten doch eifersüchtig über jeden Hauch ihres Athems!

Erst gegen Morgen beruhigte sich die alte Frau so weit, daß sie mit aller Schärfe ihres ganz klar gewordenen Bewußtseins sagen konnte:

»Und ich hab' doch Recht gehabt, und Gott wird mir einmal auch Recht geben! Dafür heiße ich ja Chaje und die Annehmerin, daß ich keine Gottentweihung zugebe. Und was wäre geschehen, wenn ich mich hätte hinreißen lassen, und wäre mit der Thür Deines Vaters auf dem Markt erschienen und hätte allen Leuten zugerufen: Der und der hat die Schrift ausgelöscht und hat ein armes Waisenkind um sein kleines Vermögen gebracht! Hast Du Dir schon vorgestellt, was dann geschehen wäre?« –

So war jener ›Bußsabbath‹ gekommen, an welchem dem altersschwachen Rabbiner der Unfall widerfahren war, daß ihm die heilige Thorarolle aus den Armen entglitt.

In der furchtbaren Aufregung, die dieser Vorgang sowohl unten bei den betenden Männern, als oben in der ›Weiberschul'‹ verursachte, hatte man das Benehmen der alten Chaje übersehen, das in diesem Augenblicke einen wahrhaft unheimlichen Anblick bot, und die Worte überhört, die sie in den durcheinanderwogenden Tumult gerufen hatte.

Hoch aufgerichtet, wie in ihren jungen Jahren, das hagere Antlitz von einem seltsamen Glanze überflogen, die Augen weit aufgerissen und die Rechte ausgestreckt, so stand sie da, und rief mitten in das Stimmgewirr.

»So hat es kommen müssen, und nicht anders! Er hat geglaubt, der alte Rebbe, weil *er* fromm ist und gut, derweilen steht die Sünde draußen vor der Gemeinde, und traut sich nicht hinein. Warum weiß er nicht, und hat es nicht gewußt, was mit Josel's Thür geschehen ist? Jetzt auf ein Mal führt ihn Gott darauf, und wirft ihm seine Thora aus den Armen! So soll es allen geschehen, die ihre Augen gewaltsam verschließen und nicht sehen wollen.«

Es litt sie nicht länger in dem Bethause. Hochaufgerichteten Leibes ging sie von dannen; das dicke Gebetbuch an sich gepreßt, so siegesfreudig und muthig, wie Einer, dem nach geschlagener heißer Schlacht die Siegesbeute winkt.

Zu Hause in ihrer Stube angelangt, rief sie Perlchen zu sich, und legte ihr, sie segnend, die Hände auf ihr Haupt. Dann erzählte sie ihr in wenigen Worten, was sich in der Synagoge zugetragen hatte.

»Und jetzt, Perlchen, mein Kind«, sagte sie, und ihre Stimme klang dabei voll und kräftig, wie sie das Mädchen niemals vernommen hatte, »jetzt ist mir wohl. Seitdem der alte Rebbe mit der Thora gefallen ist, weiß ich, daß für mich die Zeit gekommen ist. Mein Gott hat mich lange warten lassen, aber die Zeit ist doch gekommen.«

»Wie ist Dir?« rief das Mädchen, die Augen angstvoll auf die alte Frau gerichtet.

»Wie mir ist? Frag' mich erst, wie mir gewesen ist, seitdem Dein Vater, mit dem der Friede sei, gestorben ist. Jetzt aber ist mir wohl! Jetzt wird es sich zeigen, wie die Schrift auf der Thüre gelautet hat. Was ausgelöscht war, muß jetzt an das Tageslicht treten.« –

Von diesem Augenblicke an sprach sie nicht mehr über diesen Gegenstand; sie schien still, in sich gekehrt, dem nur ihr vernehmbaren Brausen des Gedankensturmes in ihrem Innern zu lauschen.

Am Nachmittage nahm sie, wie dies ihre Gewohnheit war, das Gebetbuch zur Hand, und las in den Sprüchen der Väter.

»Jetzt weiß ich«, rief sie überlaut aus, »über was für einen Satz heute der alte Rebbe hätte reden können! Da steht es ja! man braucht's gar nicht deutlicher. Wie hat das dem großen Gelehrten nur entgehen können!«

Der Satz aber lautete:

»Das Schwert kommt in die Welt wegen Rechtsverzögerung, Rechtsverkrümmung, Verdrehung... und wildereißende Thiere nehmen überhand, wo Meineid ist und falsch Schwören und Entweihung des göttlichen Namens...«

Sie schlug das Buch wieder zu; es hatte ihr nichts mehr zu verkünden!

Es fehlten nur noch drei Tage zum Beginne des großen ›Versöhnungstages‹, der diesmal auf einen Mittwoch fiel. Diese ganze Zeit hindurch blieb Chaje auf ihrer Stube; der kleine Gassenladen wurde nicht geöffnet. Sie aß nur zu Mittag, denn der Fall der heiligen Thora legte ihr ein vierzigtägiges Fasten auf. Sonst herrschte in der kleinen Stube ein fast feierliches Stillschweigen. Wenn die alte Annehmerin nicht betete, saß sie in sich gekehrt in dem Lehnstuhl und ihre Augen leuchteten dann in einem unnennbaren Glanze.

Am Vortage der ›Versöhnung‹ fastete Chaje nicht; sie müsse ihre Kräfte für den großen Berg aufrecht erhalten, dessen Besteigung ihr bevorstand, sagte sie. Nachmittag begehrte sie ihre weißen Kleider und eine frisch gewaschene weiße Haube, denn, sagte sie, einmal im Jahre hat man ›Vortritt‹ bei dem König der Könige, und da muß man ganz anständig erscheinen. So saß sie dann, gehüllt in die feierliche weiße Kleidung, lang zuvor, ehe die Feier des furchtbarsten aller Tage begann.

Perlchen mußte mit der sogenannten ›dritten Mahlzeit‹ sich hasten; als sie geendigt, sagte Chaje:

»Und jetzt laß uns gehen, Perlchen.«

»Schon? Man hat ja noch nicht in die Schul' gerufen –«

»Ich habe mit Dir noch früher einen Gang zu machen. Beeil' Dich!«

Perlchen erschrak.

»Was erschrickst du«, sagte die alte Chaje mit merkwürdiger Ruhe. »Noch ehe der Jom Kippur eingeht, sollst Du erfahren haben, wer die Schrift an der Thür Deines Vaters ausgelöscht hat.«

Lautlos schritten dann die Beiden durch die in diesem Augenblicke noch menschenleere Gasse, das junge schreckensbleiche Mädchen neben der alten hageren Frau. Vor einem stattlichen Hause in der Nähe des Ringplatzes blieb Chaje stehen.

»Da wohnt ja Vetter Zender,« flüsterte Perlchen.

Chaje entgegnete nichts, mit festem Tritte schritt sie in das Vorhaus. Von oben herab schlugen lustige Stimmen an ihr Ohr, da schien es, als ob die alte Frau zögere, ihren Gang fortzusetzen. Doch alsbald ermannte sie sich und stieg die Treppe hinan, die in Zender's Wohnung führte.

Zender saß noch inmitten seiner Familie bei der dritten Mahlzeit, als Chaje mit Perlchen in die Stube trat. War es der Anblick der schreckhaften alten Frau in ihren weißen Gewändern, oder etwas Anderes – den Blicken Chaje's entging es nicht, daß eine merkwürdige Veränderung in seinen Zügen vorgegangen war; er war von seinem Stuhle aufgesprungen.

»Chaje«, rief er endlich mit einem mühsamen Lächeln, »wie kommst Du gerade jetzt her?«

Dann gebot er einem seiner Kinder, einen Sessel für Chaje herbeizurücken.

Die alte Frau winkte jedoch abwehrend.

»Laß gut sein, Zender«, sagte sie, »ich bin nicht gekommen, um mich bei Dir niederzusetzen. Ich bin gekommen, um mit Dir im Geheimen ein Wort zu reden.«

Das alles hatte sie mit äußerlicher Ruhe gesprochen; auch nicht ein Muskel in ihrem Antlitze zuckte dabei; sie schien vollkommen unbewegt.

»Jetzt?« meinte Zender, aber seine Linke, die auf den Tisch angelehnt war, zitterte während diese Wortes, wie von einem Krampfe ergriffen.

»Warum nicht jetzt?« sagte Chaje, die grauen scharfen Augen auf ihn richtend. »Du weißt, wir stehen am Eingange des Jom Kippur, da muß man sich eilen, daß man in das Thor kommt, bevor man es schließt. Und gerade, wenn man etwas auf dem Herzen hat, so soll man es sich vor diesem großen Tage herunterreden.«

Zender versuchte etwas zu reden; aber es klang ganz unverständlich. »Komm'«, rief er endlich mühsam, indem er sich erhob. »Mit Dir, das weiß ich noch aus früherer Zeit, muß man ganz besonders umgehen.«

»Perlchen, mein Kind, bleib indessen hier, bis ich mit Deinem Vetter mich ausgeredet habe«, sagte Chaje.

Jetzt erst hob Zender seine Augen auf und richtete sie auf das junge Mädchen, das sittsam an der Thüre stehen geblieben war.

Eine Leichenblässe bedeckte sein Antlitz. –

In einer dritten Stube angelangt, fragte Zender:

»Was willst Du Chaje?«

»Verriegle erst die Thüre!« gebot die alte Annehmerin.

Wieder verirrte sich ein mühsames Lächeln auf die dünnen Lippen Zenders.

»So überaus wichtig ist das, was Du mir mitzutheilen hast?«

»Ich habe nur eine Frage an Dich, Zender,« sagte Chaje, indem sie sich niedersetzte, »und die muß vor Jom Kippur beantwortet werden.«

»So rede!« sagte Zender, schwer aufathmend.

Chaje schwieg eine geraume Weile.

»Ich will Dich nur fragen, Zender«, sagte sie dann, mit feierlichem Nachdrucke jedes ihrer Worte betonend, »ob Du mir nicht erklären kannst, warum dem alten Rebbe am vorigen Sabbath die heilige Thora aus den Händen gefallen ist?«

»*Mich* fragst Du um das? Der Rebbe wird alt und schwach, da ist ihm das Unglück widerfahren«, meinte Zender mit mehr Sicherheit in der Stimme.

Chaje schüttelte den Kopf

»Das ist es nicht, Zender!« sagte sie, indem sie aufstand und hart an ihn hintrat. »Ich will Dir's erklären. Die Thora ist darum in den Staub gefallen, weil es in dieser Gasse eine Thür giebt, und auf dieser Thüre ist vor vierzehn Jahren eine Schrift gestanden, und diese Schrift hat Einer ausgelöscht...«

»Die alte Narrethei«, murmelte Zender zwischen den Zähnen.

»Um Gottes Willen, Zender«, sagte Chaje, die sich plötzlich von ihren Kräften verlassen fühlte, »Du nennst das Narrethei? Draußen warten Deine sechs Kinder, sie werden Dich um ›Verzeihung‹ bitten wollen, ehe Du in die ›Schul‹ gehst; sie werden zu Dir sagen: Vater, vergieb uns, daß wir gegen Dich ungehorsam gewesen sind in diesem Jahre, und Dich gekränkt haben, leg' uns eine Buße auf, welche Du willst, wir werden sie ertragen, aber verzeih' uns, wie ein Vater seinen Kindern verzeiht...«

Die Stimme der alten Frau brach vor innerer Erschöpfung.

»Ich versteh' Dich noch nicht, Chaje,« sagte Zender, dem die Schweißtropfen auf der Stirne standen.

»Noch nicht?« rief die alte Annehmerin, in schmerzlichem Zorne sich wieder aufrichtend. »So sieh' mir ins Gesicht, und beantworte mir die Frage: Wer hat die Schrift an Josel's Thüre ausgelöscht?«

»Chaje!«

Es war der Aufschrei eines Todtwunden, den eine rauhe Hand an der feinsten Stelle seines Leidens gefaßt hat.

»Gott schrei an, und nicht mich,« sagte die unerbittliche Frau. »Ich aber sage Dir, Zender, der die Schrift ausgelöscht hat, der geheuchelt und betrogen hat, der ein Waisenkind um sein kleines Habe gebracht, der Schuld daran trägt, daß einem achtundsiebzigjährigen Manne die heilige Thora aus der Hand fällt, der steht jetzt vor mir!« –

»Schweig', um Gottes Willen schweig'!« stöhnte Zender, die Hände vor sein Gesicht drückend.

»Schweigen!« rief Chaje mit fast übermenschlichem Tone, »ich hab' also noch nicht lange genug geschwiegen? Vierzehn Jahre des blutigsten Schweigens sind nicht genug? Nein, Zender, und wenn ich mich an Deine Füße anklammern müßte, wie ein wildes Thier, das Dich im Walde überfällt, jetzt halt ich Dich, jetzt muß ich reden.«

Zender vermochte nicht zu sprechen; ein krampfhaftes Zucken flog über seine Lippen.

»Soll ich Dir sagen, warum ich so lange verschwiegen habe, was mir mein Herz schon am Sterbebette Deines Bruders Josel verrathen hat? Weil ich den Namen Gottes nicht habe entweihen wollen, weil ich nicht gewollt habe, daß man mit Fingern auf den möchte hinweisen, der solches gethan hat...«

»Martere mich nicht, Chaje«, bat Zender, die Hände wie bittend emporhebend.

Aber die alte unerbittliche Annehmerin fuhr fort:

»Was brauchst Du Dir heute Deinen Sterbekittel anzuziehen und Dein Sterbehäubel, und Dich vor alle Leute hinzustellen, und an die Brust zu schlagen, damit sie Dein Sündenbekenntniß hören? Denk' Dir, Du stehst schon vor Gott und der ›Jom Kippur‹ hat schon angefangen! Wie heißt es doch in dem Sündenbekenntniß? Wir haben Arges ersonnen in Lug und Trug, Spott und Hohn, wir haben uns empört gegen das göttliche Wort, wir haben es verleugnet und gelästert, uns dagegen aufgelehnt und sind der Schuld und Sünde verfallen...«

»Laß mich jetzt reden, Chaje«, rief Zender mit einer gewaltsamen Anstrengung. Sein Zustand bot in diesem Momente einen erschütternden Anblick. Die Augen weit offen, mit keuchender Brust, rieselnde Schweißtropfen auf der Stirn, so saß er da, den schrecklichen Augen der alten Annehmerin ausgesetzt.

Eine drückende Stille wob in der Stube. Hörbar war nur das schwere Athemholen Zender's, das den furchtbaren Kampf seines Innern verrieth. Endlich fuhr Zender mit der Hand über das Angesicht; als er sie zurückzog, sah Chaje, daß er weinte.

»Ich hab's gethan!« rief er schluchzend, »ich habe die Schrift ausgelöscht!«

»Weine Dich erst aus, Zender«, sagte Chaje ruhig.

Aber Zender rief, das Antlitz von Thränen überströmt:

»Laß mich reden, Du Gerechte, die Du etwas von Gott in Dir hast, laß mich reden, damit meine Seele wieder frei wird.«

»So red' denn«, sagte Chaje, über deren Züge sich ein wunderbares Schimmern und Leuchten, wie ein Abglanz siegreichen Sonnenunterganges gelegt hatte.

Noch einmal sprach er das Bekenntniß seiner Schuld aus; es schien ihm wohlzuthun, es zu wiederholen.

»Willst Du wissen, wie Alles gekommen ist?« rief er. »Aus meinem Stolz ist Alles gekommen, der hat mich zu dem gemacht, was Du in mir siehst.«

Dann brach er wieder in lautes Schluchzen aus, und erzählte hierauf in abgebrochenen, von Schmerzensrufen durchzitterten Worten:

»Du weißt, Chaje, mein und Josel's Vater ist einmal ein reicher Mann gewesen; wie er aber gestorben, da war nicht so viel übrig, daß wir die Mutter hätten ernähren können. Da haben wir Alles verkauft, was uns noch aus der guten Zeit geblieben war, das Haus und die Betstätte der Mutter droben in der Weiberschul. Besonders daß wir die Betstätte haben verkaufen müssen, das hat uns Brüder schwer gekränkt, denn sie hat uns an den einmaligen Glanz unserer Familie erinnert, wie unsere Mutter noch vorn am Gitter in der Weiberschul unter den reichen Frauen gesessen ist, und jetzt war ihr Standpunkt ganz unten an der Thüre neben dem Weibe des Schuldieners und neben den Schnorrer's Frauen, die man aus Mitleid über Sabbath beherbergt. Das hat uns Brüdern das Herz abgedruckt, und der Mutter auch. *Sie* ist aus lauter Kränkung darüber gestorben, *wir* haben fortleben müssen.«

Nach einer Weile fuhr er fort:

»Seitdem ist mein und Josel's Sinnen und Trachten auf nichts anders gerichtet gewesen, als wie wir die Betstätte unserer guten Mutter wieder an uns bringen könnten. Und es muß etwas Gutes gewesen sein an diesem Sinnen und Trachten, denn das Glück hat sich uns Brüdern wieder zugewendet und es war Segen in dem, was wir unternommen haben. Die Leute in der ›Gasse‹ haben nichts davon bemerkt, denn erst wenn es uns geglückt wäre, die Betstätte der Mutter zurückzukaufen, da haben wir hervortreten wollen und sagen: Seht, das kann Zender und sein Bruder Josel.«

Er mußte wieder inne halten, seine Stimme war zu leisem Weinen herabgesunken.

»Die Ersparnisse meines Bruders habe ich in Aufbewahrung gehabt; kein Mensch und kein Buch hat darum gewußt, nur seine Thüre... Darauf hat er meine Schuld an ihn mit Kreide aufgeschrieben. Du weißt, wie es ihm, zur Buße gesagt, ergangen ist. Mit zerschmetterten Gliedern, aber noch lebend, haben sie ihn nach Hause gebracht, den guten treuen Bruder.«

Seine Augen irrten in diesem Augenblicke angstvoll in der Stube umher; er war an den Wendepunkt seines schweren Bekenntnisses gelangt.

»Chaje«, rief er scheu und bedeckte wieder sein Antlitz, »noch heute weiß ich nicht, wie die schwarze Stunde über mich Herr geworden ist. Aber wie ich so dagesessen bin ich am Krankenlager Josel's, da ist mir der Gedanke vor und nachgekrochen wie ein böses Gewürm: Josel hat sechshundert Gulden bei Dir, gerade so viel, als die Betstätte der guten Mutter kosten möchte! Kein Mensch weiß um das Geld als die weiße Kreide auf der stummen Thür. Der Gedanke ist von mir nicht mehr gewichen; von Minute zu Minute ist er in mir gewachsen, er hat meine ganze Seele ausgefüllt, daß nichts mehr Platz darin gefunden hat. Und einmal, wie mein armer Bruder im Schlafe da gelegen ist, gegen die Wand gekehrt, da bin ich hingegangen zur Thüre und habe meine Schuld ausgelöscht...«

»Wein' Dich erst aus«, sagte die alte Frau, »und red' erst, wenn es Dir möglich ist.«

»Nein! Laß mich nur weiter reden. Als Du zu mir gekommen bist, mich zu fragen, was mit Josel's Kinde zu geschehen habe, da war ich schon auf alles vorbereitet; denn wenn Einen die Sünde schon gefaßt, dann ist man, als wären in der Seele hundert Lichter angezündet worden, wo früher nur eins gebrannt hat. Im Voraus habe ich jedes meiner Worte und mein Benehmen gegen Dich zurecht gelegt, wie ein Kaufmann, der seine schlechte Waare an den Kunden bringen will. So habe ich gelogen und betrogen, geheuchelt und falsche Thränen vergossen, und habe doch im Innersten meines Lebens die Überzeugung gehabt, daß mich Dein Auge durchsieht. Um Dich und die Welt irre zu führen, habe ich mich Jahre lang als ein armer Mann gestellt, Jahre lang habe ich meine Ungeduld hingehalten und habe die Betstätte der guten Mutter nicht gekauft, und doch war merkwürdiger Weise ein Segen in all meinem Thun und Gebaren, als wäre nicht das geschehen, was geschehen war.... Meinst Du, ich hätte der Waise indessen nicht zurückzahlen können, was ich ihr schuldig war? Aber ich habe mich vor Dir gefürchtet, Du Annehmerin Gottes, und so ist Alles gekommen...«

»Du bist fertig, Zender«, sagte Chaje, während er für eine Weile inne hielt.

»Fertig? Daß Gott erbarm! wie ich fertig bin!« stöhnte Zender.

Da stand die alte Annehmerin auf, hoch aufgerichteten Leibes schritt sie zur Thür hin und schob den Riegel daran zurück.

»Ich will das Kind rufen –«

»Welches Kind?«

»Deines Bruder's Kind.«

»Ich kann ihr nicht in's Auge sehen, Chaje«, schrie Zender.

»Du mußt das Kind um Verzeihung bitten, ehe der Jom Kippur eingeht.«

Noch einmal zuckte es wie ein fahler Blitz über die Gesichtszüge Zenders; es war das letzte Aufbäumen seiner Natur.

»So laß sie kommen!« rief er tonlos.

Die alte Chaje durchschritt die zwei vorderen Stuben und rief nach Perlchen.

»Da hast Du Josel's Kind«, sagte Chaje, indem sie mit Perlchen an der Hand in der Thüre erschien.

Kaum war Zender ihrer ansichtig geworden, rief er mit erstickter Stimme:

»Mein Kind! verzeih' mir, mein Kind!« und gebrochen im innersten Wesen, fast ohnmächtig, sank er vor den Füßen Perlchen's zu Boden. –

Der alte Rabbiner überlebte nicht lange den Fall der Thora. Noch ehe vierzig Tage vergangen waren, hatte ihn, ohne daß eigentlich eine Krankheit ihn heimgesucht hatte, der Tod ereilt. Man erzählte sich, daß die alte Chaje, als sie die Nachricht erhielt, er liege im Sterben, einen der Vorsteher der ›heiligen Bruderschaft‹ zu sich bat, und ihn beauftragte, dem alten Rabbiner Folgendes zu sagen: »Er könne ruhig sterben, Chaje mit der Thür, die Gottes-Annehmerin, lasse ihm das sagen, die Thora habe sich wieder aus dem Staube erhoben!« –

Aber noch in demselben Jahre trug man auch sie auf den ›guten Ort‹ hinaus.

Einige Zeit darauf ward in der Gasse eine große Hochzeit gefeiert. Zender's ältester Sohn und Perlchen waren das Brautpaar.

Zender selbst ist bis an sein Lebensende ein stiller gedrückter Mann geblieben.

Über tredition

Eigenes Buch veröffentlichen

tredition wurde 2006 in Hamburg gegründet und hat seither mehrere tausend Buchtitel veröffentlicht. Autoren veröffentlichen in wenigen leichten Schritten gedruckte Bücher, e-Books und audio-Books. tredition hat das Ziel, die beste und fairste Veröffentlichungsmöglichkeit für Autoren zu bieten.

tredition wurde mit der Erkenntnis gegründet, dass nur etwa jedes 200. bei Verlagen eingereichte Manuskript veröffentlicht wird. Dabei hat jedes Buch seinen Markt, also seine Leser. tredition sorgt dafür, dass für jedes Buch die Leserschaft auch erreicht wird.

Im einzigartigen Literatur-Netzwerk von tredition bieten zahlreiche Literatur-Partner (das sind Lektoren, Übersetzer, Hörbuchsprecher und Illustratoren) ihre Dienstleistung an, um Manuskripte zu verbessern oder die Vielfalt zu erhöhen. Autoren vereinbaren direkt mit den Literatur-Partnern die Konditionen ihrer Zusammenarbeit und partizipieren gemeinsam am Erfolg des Buches.

Das gesamte Verlagsprogramm von tredition ist bei allen stationären Buchhandlungen und Online-Buchhändlern wie z. B. Amazon erhältlich. e-Books stehen bei den führenden Online-Portalen (z. B. iBookstore von Apple oder Kindle von Amazon) zum Verkauf.

Einfach leicht ein Buch veröffentlichen: **www.tredition.de**

Eigene Buchreihe oder eigenen Verlag gründen

Seit 2009 bietet tredition sein Verlagskonzept auch als sogenanntes "White-Label" an. Das bedeutet, dass andere Unternehmen, Institutionen und Personen risikofrei und unkompliziert selbst zum Herausgeber von Büchern und Buchreihen unter eigener Marke werden können. tredition übernimmt dabei das komplette Herstellungs- und Distributionsrisiko.

Zahlreiche Zeitschriften-, Zeitungs- und Buchverlage, Universitäten, Forschungseinrichtungen u.v.m. nutzen diese Dienstleistung von tredition, um unter eigener Marke ohne Risiko Bücher zu verlegen.

Alle Informationen im Internet: **www.tredition.de/fuer-verlage**

tredition wurde mit mehreren Innovationspreisen ausgezeichnet, u. a. mit dem Webfuture Award und dem Innovationspreis der Buch Digitale.

tredition ist Mitglied im Börsenverein des Deutschen Buchhandels.

Dieses Werk elektronisch lesen

Dieses Werk ist Teil der Gutenberg-DE Edition DVD. Diese enthält das komplette Archiv des Projekt Gutenberg-DE. Die DVD ist im Internet erhältlich auf **http://gutenbergshop.abc.de**